헤어진 이름이 태양을 낳았다

헤어진 이름이 태양을 낳았다

박라연 시집

창비

차
례

제 1 부

나부끼며 가는 세계

아름다운 너무나

우리가
누린 적 있는 눈부신 시간들은

잠시 걸친
옷이나 구두, 가방이었을 것이나

눈부신
만큼 또 어쩔 수 없이 아팠을 것이나

한번쯤은
남루를 가릴 병풍이기도 했을 것이나

주인을 따라 늙어
이제
젊은 누구의 몸과 옷과
구두와 가방
아픔이 되었을 것이나

그 세월 사이로

새와 나비, 벌레의 시간을
날게 하거나 노래하게 하면서

이제 그 시간들마저
허락도
없이 데려가는 중일 것이나

집밥 한끼

아이
맡길 곳이 절박해지자

정(情)으로
똘똘 뭉쳐 흐르는 강물을 보면서
물의 대화 사이로 입술을 쭈욱 내밀더군요

물결엔
반드시 모성이 있다고 믿게 되었던 거죠

주저함 없이
겨우 중학생이던 아들의 뼛가루를 뿌리더군요

뼛가루가
뿌리 내린 듯싶은 거기를 해마다 찾아가네요

한해에 한끼라도
챙기고픈 엄마의 손을 알아본
물결은

목젖이 보이도록 크게 입을 벌려주네요
또 그 마음을 알아차린 엄마는
흰 국화 꽃잎을 정성껏 따서
한참을 던지더군요

나부끼며 가는 세계 1

제가요
이 세상에서 저쪽으로 훌쩍 뛰어넘어갈
자세를
그러니까 출격 준비를 생각해야 할 지점이군요
날리며 흔들리며
저쪽 세계의 이목구비를 벌어 와서
날마다 바꾸어 가는 계단이군요
저쪽은요
기력이 다 소진되었을 때 가는 곳이 아니군요
엎드려 저축한 세계 그러니까
주저앉았다가 일어서고
또 일어서면서 혼자만 듣는 박수 소리로 올라가네요
저의 눈에만 보이는 열매가 새끼를 낳듯
씨앗을 쏟아낼 때의 뭉클함으로 가는 걸까요
방울방울 방울토마토로 번지거나
프로스트 혹은 똘스또이로 물들고 싶은 날도 있군요
어느날엔 꽃 그림이 되어 액자 속에 숨고 싶군요
영문도 모른 채 갈아엎어진 시간 그러니까
제가요

이미 언덕이나 논밭인 줄 알고
온갖 씨앗들이 다투어 뿌리를 세우는 날에는
햇살에 녹기 직전의 이슬처럼 온몸이 뒤틀리지만
뒤틀린 팔을 흔드는 저쪽 냄새는
다른 호칭을 받게 될 신호
패자 부활의 시점이라 믿는 거군요

옆구리

오늘의 수선화가 진 옆자리에는
튤립 가족이
그날의 목단이 진 옆에는
양귀비 가족이

풀벌레와 새소리가 진 그 옆자리엔
이웃집의 아들딸이 피어나고 꽃다운 세상의
남매들이 꿈꾸는
세상의 밥상엔 공평 의리 사랑이란
의미들이

구체적으로 차려져서 즐겁게 설거지하는
진풍경이 피어나고
정현, 정민이네처럼 잘 풀리는 부러운 집이 또 있을까
현실적으로 중얼거리는데

저희도 잘 풀리며 자랄게요! 치맛자락
끌어당기는
오래 키운 꽃들의 손가락이 피어나고

우리 가고 없는 세상에 피어나고
피어날 옆의 세계

봉지

허탈할 때
뭔가 가득 찰 때도 들어갑니다

따뜻하기도 하고 서늘하기도 하죠
섭섭한 대로 봉할 수 있어서 다시
풀 수 있어서 늘 희망적입니다

얼굴이 없으면 싶을 때도 들어갑니다
우리 나중에 봐요,라는 공간을 선물합니다

귀함을 넣어 좋은 이에게 배달하거나
처마에 매달아둘 때 세상은 더욱 눈부시죠

세상이 사라져버렸음 싶은 이유들이 한꺼번에
울 때 그 울음을 싸서 감아주는 이름입니다
울음소리에 놀란 산과 하늘과 바다도
도리없이 들어갑니다

당신도 상처 몇됫박쯤 잘 싸서 넣어보세요

어둠을 곱씹으며 아물던 상처가
봄의 입구 쪽으로 귀를 놓을 것입니다

그는 따뜻한 오버랩이다

그는
모든 사람들이 지닌
신경 줄기 몇개쯤이 없지 싶다는 말을
들은 적 있다

빠진 신경 줄기 자리에
물과 불과 바람을 쟁였을 것이다
아무리 먹어도 줄어들지 않는
타자의 어둠까지 물리칠 양식이 되었다고
그를 조금은 안다고 생각했지만

용산서원 준공식* 그날은
탄핵소추안 가결이 선포된 딱 그날이어서
내 고향 율포 바다 서녘을
그가
함께 바라봐준다는 생각만으로
가난한 색으로 출렁이던 옛날을
그 큰 바다의 바닷물을
붉은 희열로 바꿔버릴 줄은 몰랐다

그는 따뜻한 오버랩이다

세계가
단 한명의 잘 익은 내면만으로도
따뜻하게 출렁일 수 있다면

그를 추천하고 싶다

누군가의 시린 발등 아래
어두운 처처 그 아래

* 전라남도 보성군에 있는 서원. 2016년 12월 7일 개축 완성을 기념
  하기 위해 각 지방의 죽천(竹川) 후예들이 모였다.

달래주려면 당신처럼

누구의 빗방울이든 어떤 내용이든
오직 가수의 값으로
그 사연 저에게 파세요! 사들이면서
어디까지 함께 애절해진 걸까

「애비」*를 듣다보면
사들인 영혼까지 그의 고유 기체가 되었는지
손도 칼도 없이 꺼내주고 뒤집고 안아주고
일어서게 하면서

아무도 건드릴 수 없다는
사람의 내부마저
가장 먼 데까지 터치하는 저녁

부풀어오르는 그만의 기체를 공짜로
배부르게 뜯어 먹는 어느 저녁에

뭔지 모르는 것들까지 다 싸잡아서 확
풀어지게 이끌어내는 태도

당신의 목소리처럼 말이야

* 최백호의 노래.

하루

물이 해를
불러들이기 참 좋은 거기서 우리 한번 만나요
낮은 산 사이에
굽이굽이 간신히 연명하며
저를 넓혀서는

누군가를 위해 넓혀져서는
아픈 사람들까지 이리 먼 곳까지 불러내는
호수가 된 여기서

드디어 명의가
된 호수를 차 한잔 값에 사긴 샀는데
병의 두께를
물과 햇살로 청진받을 즈음
상처만큼 들이닥치는 저 약발 좀 봐
호수에 번지는
저 처음인 빛깔 저 처음인 느낌 좀 봐

새로 된 저를 들쳐 업고 떠나는 이런 하루가

남은 생에 몇번쯤 될까

충분해! 오늘의 이 냄새 이 형편만으로 세상과
내기할 자세를
거뜬히 얻겠다고 장담하는데

시들지도 늙지도
않겠지? 안심되는 호수마저 석양을 내어
주는 시간엔
속내를 들키지 않으려고 오래 입에 넣고
오물거리는 게 있는데

산등성이에 남아
좀처럼 떠나지 못하는 저 석양 조각들도
망설임과 두려움이 있다는 건지 없다는 건지

헤어진 이름이 태양을 낳았다

성난 불우가
죄 없는 세계의 절반을 점거했을 때에도
누군가의
따뜻함은 흘러가 사과를 붉어지게 하고
상처는 흘러가 바다를 더 깊고 푸르게 하는 걸까

얼마나 많은 이름들이 제 이름을 부르며 어디까지
나아갈까
아픔에게 포위되지 않으려고 나무를 뚫고
물을 뚫고 언제까지 다이빙할까

그런데 이 마음은 또 뭐지
성난 불우에게 아군이고 싶은 이 마음 말이야
마음 너머로
끝없이 펼쳐지는 금빛 물결은 누가 보낸 설렘이지
위로의 빛은 어디서 오나

헤어진 이름을 수없이 부를 때 딱
한번은

나타나주는 순간 바다였을까

내 떨림의

물결 한가운데서 붉은 해가 떠올랐다

물론

오래된 장롱 차마 못 버리는 그 마음 아세요?
장롱 문 양쪽을
떼어내어 이사한 아파트 대문으로 삼을까 해요

물론
다른 집은 첫번째 문이 단단한 철문입니다
우리도 두번째는 철문이고요

안방을 호령하던 시간들이 끝나고
문지기가 된 장롱의 신세처럼 우리 어머니와
조카 지숙이도 영구차에 실려 산으로 갔습니다

누구든
걱정되는 얼굴이 있을 땐 비록 사물의 처지이지만
저 문지기조차 부러웠을 것입니다

지난날
서류 뭉치 보석 이불 옷가지
아무나 들을 수 없는 비밀한 약속과 고백

잡다한
걱정까지 나누던 팔다리였던 것 보셨잖아요

물론 격렬한 싸움의
폭력적 언사가 장롱에 새겨진 것도요

가깝다는 것이
얼마나
함께 아파하는 일인지 또한 새겼을 것입니다

제 2 부

즐거운 진화

여러분의 오십가지 그림자

여러분의 꽃다운 인사는
첫 울음소리를 둥글게 감고 세상에 나오는 일입니다
나와서는
왜 우는지도 모르면서 열가지쯤의
그림자를 낳고 어린 나이에 죽기도 합니다

사랑을 잃었을 때 어른거리는 그림자 또한
열가지쯤의 그림자를 낳고 아름다운 나이에 죽습니다
다른 생을 받고 싶을 때마다
감히 태어나서는 스무가지쯤의 그림자를 낳고
여러분의
그림자에 치여서 어처구니없는 얼굴로 죽기도 합니다

아직도 뭘 모르지만
세상을 향한 마지막 미련을 천천히 감으면서
열가지쯤의 그림자를 낳고 죽는다는 것은 압니다

종잇장 오후

어쩌자고 그날 가짜를 꺼내어 내다 버린 걸까요? 순식
간에

종이처럼 얇아져서 하염없이 젖어서 우지직 찢어지지

않으려고 아직 남은 가짜라도

간신히 붙드느라 꼼짝 못하면서 달이 뜨기를 기다립니다

달빛 받아 두터워지려고

말려지려고 조바심칩니다 누군가의 튼튼한 하루가

무작정 부러워지다가

그래도 사무치게 그리운 것은 가짜가 섞여서

튼튼했던 그 시절의 나입니다

실패가 실패의 품에서

당신이 어디쯤 저물어가듯
호주머니 속 오래된 실패들이 어디쯤
저물어갑니다

어둠의 물을 받아먹으며 콩이 콩나물로 자라듯
눈물을 먹고 자란 실패들이 저마다의
물레를 돌려 실을 뽑아내기 시작하는 밤입니다

실패라는 상처
그 몸을 먹여 살리려고
눈물을 불러내본 사람만이 알 수 있습니다
그러니까
똥이나 오줌 속의 수분이 하강하지 못하고
눈동자까지 역류해서 흘러나오는 일
훔쳐 먹어도 될 만큼 정수되는 일
드디어 고통을 먹여 살릴
세포가 되는 순간에 대해서 말입니다
오직 제 주인의 눈물을 먹고
뽑힌 실들은 둥글게 부풉니다

누군가의 둥근 실패에게서

드디어 풀려나기 시작합니다
누군가의 재봉틀에서 손가락 사이에서

저요! 저요! 저요!
비단실과 무명실과 나일론실이라는 이름표를 달고
헐거워진 목숨들과 관계들을 묶어주거나 꿰맵니다

세상엔 또 계급과 쓸모라는 게 있어서
그저 고맙기도 합니다

내 마음에 들어오지 마세요

놓았으나
들어 올려진 꿈의 설계도
그 마음의 처마에도 종일 봄비가 내릴까

여기서의 마음이란 울음인데
팔 걷어붙이고 시작한 울음인데 아무리
허술해도 봄비쯤은 되려나?

대지의 유전자에게 내 울음을 보내면 어떨까
왜? 음…… 씨앗인 나를 황무지에 버려진 나를
혹시 물어다가
꿈의 마지막 회로까지는 이동시켜주려나?
라일락으로 피어날까? 하면서

봄이 다 가도록
피어나지 못해도 내 울음엔 들어오지 마세요
왜? 음…… 눈물에게 눈이 달려 있어서
놀라워서

눈이 멀어 산 시간의 대청소는
혼자 해야 제맛이죠

이번 생엔 뭐랄까
내 울음의 소속이 바깥일 것 같아서
왜? 음…… 정은 사람의 시작이니까
상처 없는 길에는 마음이 없을지도 모르니까

즐거운 진화

어쩐지 들판에는
성을 전환한 목숨들이 몰려와 살 듯싶었으나

떠밀려 흘러오기도 하지만 넓은 시간을 찾아 나선
손님들일 수도 있겠으나, 그럼
우리 통성명이나 합시다!

저는 어제까지는 여성이었다가 오늘 이슬로
성전환 한 한방울입니다! 한방울이면서 수만방울인
나,이면서 나의 친구들일까요?

뼈도 없는 이슬이지만 목마른 풀을 만나면
기꺼이 스며드는 이기쁨입니다! 수백톤의 웃음소리
죄다 풀의 입술이게 할까요?

입술들이 푸른 성을 이룰 때
풀잎 아래 그 아래에서 무수히 일어나고 저무는
저는 작은 풀벌레입니다 한밤의 풀벌레 소리는 누군가의
이슬이면서 기쁨이면서 노래일까요?

먼 훗날 저희끼리 알아서 잘도 진화될
저희는 이, 저, 그, 자녀입니다! 아마 이 들판에서는
제법 긴 이름으로 살아갈

여러분 소개받았는데 한분 같은 이 느낌은 뭐죠?
느낌도 진화하는 걸까요?

휠체어에 오늘을

오늘은 병원 주변의 여러분과 나의 절망을 묶어
빵이며 과일, 커피와 함께 바구니에 섞어 넣어볼까 해요
휠체어에 태우고 산책 나가면 어떨까요?

풀과 나무와 흙 냄새가
바구니의 빈자리마다 서로를 세우거나 끼우거나 눕히는
오늘

잠시 멈춰서 오늘을 어떻게 먹어줄까 궁리 중인데
지나가던 바람이 아직 못 만난 세계의 풀과 나무와 흙
냄새까지
훅 몰고 들어오자 식욕이 확 돋았지 아마

먹다 남은 찌꺼기를
포장지에 싸서 쓰레기통에 넣고 돌아서는데
화가 풀린 표정들이 휠체어에 가득하네요

사람의 배는
사람들로 채워져야 부를까요?

자라나는 선물

손과 발과 마음은 왜 위험한 순간에 더 끌릴까
이끌린 내용
그 위험 수위를 손톱 발톱 머리카락으로 자라나게 하
신 것

(뛰어가 껴안거나 어루만지거나
멀리 차거나 훔치거나 바꿔치기하거나
마음을 빼앗거나 함부로 넘겨주는 것)

악의는 물론 호의까지도 넘치면 곤란하다는 것
서로가 볼 수 있으라고 자라나게 하신 것

너는 언제쯤 알았니?

잘라내어도 아프지 않은 부위라는 거
피 한방울 안 흘리게 그 흔적 지워주신 것 말이야

용서와 칭찬의 말씀이었다는 거

41

너만의 산책

네가 마흔쯤에 가장 눈부셨다면 아마

사십여년간
누볐던 어둠의 골짜기
꼬꾸라진 시간에게서 급료로 받은 빚일 거야
알고 보면 돌돌 말아두었던 그 빚
처음 건너올 때 여비로 받은 빚까지
몽땅 탕진한 셈이네?

1밀리 2밀리씩만 눈부시지 그랬니?
분초로 아껴서 눈부시지 그랬니?

내면의 끈이 짧아서 목돈처럼 들어온
그날의 빛들을
은행에 넣어두는 법을 몰랐다면

연두도 분홍도 새어 나올 수 없는 처지에
빚을 대출받으려고 두리번거린다면

제발 여기서 포기해

어쩌자고 함부로
눈부시고 싶은가 말이야

김광석과 니체는

앳된 목소리 속으로
눈치없이
가차없이 흘러들어온 모래알들이

가수의 영혼에서
발효될 때마다 무한정 서러워져서는

쿵! 뚫려 열려버리는
그 안팎을
사람의 꼭지만으로 틀어막을 수 없었던 것

발효된 저의 목소리가
자기 목을 졸라 어디론가 모셔간 것 아닐까

남의 비애까지 먹여 살리기엔
너무 여렸던 것

그렇다면 니체는?

산골마을 텃세와 싸울 때도 자칫
피투성이일 수 있는데

하물며
지병을 사색이나 초인적 의지만으로 달래다가

신은 죽었다고 외쳤으니
미치지 않고 무슨 수로 버텨?

니체의 광기는
그나마 숨어 살던 도와 덕이 먹여 살린 것
십이년 동안이나 싸워주다 놓아버린 것 아닐까

제 몫의 비애조차 먹여 살리지 못하면서
지성이 너무 강했던 것?

피칭머신

너에게서
터져나오는 수만번의 투혼이
타자에게는
수만가지 오리무중, 그 미래를 점치는 일이라면

인생에게도 연습이 찾아올 날을 상상해도 된다면
실패란 실패는 빠짐없이

그중 상처와 배신의 얼굴들을 주야장천
받아치면서
이 밥 저 밥 먹어보면서
출산도 양육도 사랑도 당당히 받아치면서

죽음을 끝내기 홈런으로
내 발로 내 생의 담장을 넘으면서
타임아웃!

46

제 3 부

화음을 어떻게든

나부끼며 가는 세계 2

오만가지 밥 생각이 떨어져 오만가지 꽃으로 필 때까지 머물던 군둔마을의 오후와 결코 두고 갈 수도 다시 불러올 수도 없는 그 여름의 황화코스모스 천지와 호랑나비 천지의 아름다운 농사!

그 곁에서 왜 울고 말았을까? 비쩍 마른 일상 속으로 날아들던 수십마리의 호랑나비는 내 몸으로 들어가 내가 되었을까 내 생의 마지막 행운의 예고편이었을까

그 언덕 그 황화코스모스 천지는 여전한데 나의 어떤 생각이 얼마나 서운해서 발길을 끊어버린 걸까

몇가지 질문들이 가서, 오지, 않는 마음을 찾아나서는 나의 날개가 되었을 뿐 모른다

그 여름의 그 많은 호랑나비들이 어디서 날아왔는지는

지붕을 선물받았어요!

제가 소설가였다면 영택씨를 주인공으로 책을 냈을 거예요 영택씨처럼 바른 분이 편히 살 세상이 없어서 눈물 나는 새벽입니다 주산을 잘해서 여의도에 입성하면 뭐해요? 계장이네 과장이네 하면서 괴롭힐 때마다 어디다 일러바칠 수도 없고 의자에만 앉으면 허리가 마비되는걸요! 주산 선생님으로 여상에 취직하면 또 뭐하나요? 금방 이런저런 이유가 들이닥치는걸요! 책상을 버리고 아버지 따라 새벽부터 밤늦도록 노동판에서 일하면 또 어떻고요 임금을 떼어먹는걸! 해머를 들고 일한 부분을 없애버리고 싶은데 영창 간다는걸!

왜 이런 세상만 밟게 하나? 오십의 영택씨가 여호와의 증인인 내 동생 명희 부부와 인연이 깊어져서 무려 이년에 걸쳐 산골 내 집 마당 지붕을 거의 공짜로 만들어주었다 아크릴로요 스테인리스 기둥을 땅속 깊이 허공 깊이 박은 후 철봉을 해보더군요 오차가 생기면 가차없이 뜯어 다시 용접하던걸요! 집은 사라져도 지붕은 살아남을 판이어요

무례한 치료

손을 쭉 뻗어
죽은 시간들을 손찌검합니다

사방이 묵정밭
파묻힌 운동화에서 옛 주인의 발이 자라고
깨진 사이들은 죽어서도 서슬이 퍼렇습니다
내 알 바 아니야
숨어버린 가솔들을 찾아내려고
또 무례히
손찌검을 해댑니다

네가 네 뺨을 여태 후려친 거 맞니?

자지러지게 웃기 시작한 공중
붐비는 웃음소리를 따 먹는 손가락 사이로
지붕이 솟아오르고

물과 불이 흐릅니다 옥신각신하는 소리까지
그리워서 또 사정없이 여기저기

귀싸대기를 칩니다

벽들이 창문들이
아이고! 죽을 뻔했네! 툭툭 털며
귀퉁이 귀퉁이 눈을 뜰 무렵

살아난 시간들이 모여들어
앙칼진 어제의 울음소리 밀어내고
간신히,를
담는 자루가 됩니다

흘러 흘러서

여차여차해서
혼자서는 도저히 못 살 것 같았지만
저를 풀어야 했던 집

사방이 열려 있어서 서울 분들은 무서워서
못 자겠다고 하던 낡은 집

오래된 짐들을 구석구석 앉혀놓으니
금방 내 둘레가 되었는지 튼튼해지는 집

손때 묻은 책과 책 사이에
가구들의 입술 사이에 물려 있는
옛날 가난과

싸움으로 더 튼튼해진 가족사도 여차하면
내 편에 서줄 태세인 집

벌레와 새가
내가 울지만 고라니도 우는 곳

터진 생의 이목구비를 지네란 놈이
타고 오를 때마다
더욱 내 집이다 싶은
자연스러운 집

보들보들한 희망이란

먼동이 트자마자 연장이 되면서
모창 가수의 생애조차 부러워하면서

집이, 동상, 젊은 각시로 불리면서

어제 오른 반찬이
오늘 또 올라오는 마을회관 밥상인데도
숟가락 부딪치는 소리가 좋아서
때맞춰 그 밥 지으러 가는 사람으로 살면서

여전히 다른 세상을 느끼는 것이
죄가 되는 사람으로 살면서

너를 향해 걷는 힘을
또 그 죄 속에서 찾아내면서

벌을 서듯 폐가의 땅을 일구다보면
너의 면면이 보들보들해져서

자라나는 무수한 손가락들을 깨물며
넓어진 시간들을 천천히
내려오는 일일까

디엔에이

여보세요?
폐가엔 세속이 굶어 죽은 지 오래여서
스스로 어서어서 커서
5인 가족 생활비쯤은 벌어야지 말하면서

사람 그림자 못 본 지 오래여서
거의 돌이 된 흙을 호미질하는데
코가 싸해지면서
저 말인가요?
어느 수업 시대의 심장을 파는 일 같아서
뭐라고요? 잘 안 들려요

폐가의 시간들을 호강시켜주리라
끼니마다 온갖 모종을
입에 넣어주니 오물오물 잘도 먹어서
나는 산속으로 도망 온 것이 아니다
세속을 가르쳐주려고 온 것이다 다짐받는데

또 여보세요 해서 얼른 마음 단속하면서

나를 따르는 목숨들은 죄다 내 피가 흘러서
초년 고생이 심하다는 생각

추위도 잘 모르고
죽은 듯이 살 줄도 알지만
물도 밥도 새만큼이면 족하지만
쭉쭉 뿌리내리며 세속을 넓혀간다지만
어쭙잖은 신념이라는 이, 부끄러움
또 또 여보세요
하는데

곡괭이 호미에게도 내 피가 흘러서
먼저 손잡아주는 그 기쁨 퍼뜨릴 테다
세속적인 성향이 세상을 먹여 살리는
거다! 외치면서

너에게도 남향이

어둠이 만조일 때
저,라는
창고는 온갖 벌레의 안식처

그런 창고라도
성가시게 하겠다는 분을 맞으려고
남쪽으로 창을 내리라 다짐하면서

저를 뚫어 빛을 맞이한다는 전율만으로
톱과 칼과 망치를 들면서

저가
저를 가르고 잘라내고 두들겨 패면서
검은 폭포처럼
쏟아져나오던 어제와 마주쳤을 때

너에게도 남향이 생긴 거니?

과거와 미래를 여닫는 문을 달아

하얀 창호지를 바르면서

문풍지에 스며드는 햇살이 저를
달빛이 저를
생의 한가운데로 데려갈까

질문을 아름답게 하면서

죽기 전에
세상의 어두운 창고 하나쯤
헐어서
남향을 찾아줄 상상을 하면서

칫솔질

책은 오랫동안 만졌다면서요?
아 네 네

그 손이
부끄러워 차라리 삽과 호미를 잡아 들면서
비루했던 내 시간의 입을 떠올리면서

입만 치장하던 어제를 불 질러
뒤태를
아름답게 길러보자 하면서

뒤통수나 등을 뚫어야만 보이는 풍경들
그렇게 마주친 시간들이
이 무슨 공짜 세계인가! 그 환함에 멀미하면서

미물과도 포옹을 했던 것

아직 남은 입속의 찌꺼기들이
소문들이

빠져나갈 칫솔질을 촘촘히 하는 이 밤

비 오는 밤의
태양광 정원등에 얼비친 얼굴들과 물방울들
어제와 빗방울 사이의 저 긴장과

섬광이
내가 찔러서 흘린 너의 핏빛이라면 어쩌지?
여전히 두려우면서 아 네 네

그렇게 다시

그 신도시 입구에서
신호 위반으로 즉사할 뻔했을 때
무사했던 이유를 펼쳐볼까 합니다

내가
걷고 생각하고 마음을 줄 수 있는 사람이어서
너무 많은 묘지와 폐가의 기이(奇異)들을 달래주려고

눈만 뜨면 갈아엎으며 꽃물결이게 한
나의 노동이 불러온
수십마리의 호랑나비들의 실전, 그러니까
사고의 찰나에 그 먼 데까지 달려와서는

수많은 입술로 꽉,
차창 밖으로 튕겨나가지 않게 꽉
머리카락 한올 다치지 않게
붙들었다고 믿게 된

그날의 내 마음이

사람의 내면에 뿌려지는 씨앗이 될 수
있다면

비애의 농도만큼 농염하게 피어나는
수많은 그녀들

비록 함께 살지는 못해도
내 아끼는 사람 위험을 막으려고
몰려가는 그녀들이 될 것처럼

사랑은 있다,라고 그렇게
다시

딜레마

호수에 홀려서 발을 들여놓았을 땐
사람보다 무덤
집보다 폐가의 목소리가 더 우렁찼다

오랜 궁리 끝에
이 마을을 꽃의 목소리로 흘러넘치게 하려고
그 많은 꽃 이름들과 바람이 난 걸까

꽃이란 테이블이 드디어
사람과 무덤과 폐가 사이에 놓일 무렵
대화란 걸 시도하게 되었던 걸까

폐가가 먼저 입을 열었지 아마
꽃은 무엇이든 살리는 소식이니 좋아!

무덤들도 아! 꽃이네! 하면서

죽은 듯이 사람의 말을 다 들어주었다

여기까지 이르렀는데
눈만 뜨면 벽 대신 책 대신 출렁이는 꽃들과
마주치는데
감사합니다,를 큰 접시에 담아 밥상에
올릴 때도 많아졌는데

이렇게 싼 집을 알아버렸는데

너무나 그리운
서울 집 201호를 찾아 나서야겠다고
입을 열어야 하나?

화음을 어떻게든

어머니! 겨울이 코앞이네요
저는 세상이 모르는 흙, 추운 색을 품어 기르죠
길러낸 두근거림을 따서 바칠게요
개나리 다음엔 수선화 그다음엔 꽃잔디로 붉게
채워질 때쯤 눈치챌까요?
꽉 찬 이 두근거림을

여울진 꽃잔디에 목이 더 길어진 수선화는
군락으로 번지며 나비처럼 날아요 시름을
찾아내 바꿔치기하죠
허기의 틈새에서 팬지가 올라오면 튤립의 붉은
아침을 함께할 수 있을까요 어머니
고요를 열고 일터의 얼룩과 서로의 석양을
어루만져요

붓꽃의 기품이 당신 키를 찾아내면
양귀비 떼가 소나기처럼 몰려올까요? 꽃들이
속속 열리고 일렬종대와 일렬횡대로 색색으로 깔깔대
며 밥상을

차려요 어머니! 섞이며 이동하는 저 동작들의
눈부심을 마셔요 누구나

화엄은 너무 멀겠죠? 화음이라도
어떻게든 보여주려고 사람 몸에 꽃을 보내신 것
나팔꽃 채송화 분꽃으로 와서 가늘고 낮은
야근하는 손을 잡는 것

그 마음 그대로 가을에게 넘겨줄래요
눈시울 붉어진 백일홍을 보면서 느껴요 가을의
꽃은 가장 먼 곳부터 두근거리는 가을 햇살인 것

근심을 씨앗으로 바꾸는
저 해바라기 그늘 아래서는 세상을 더는
욕하지 않을래요
어머니

제 4 부

못을 먹다니

괜찮아, 란 말

고요는
습자지처럼 얇아서 입이 없어서
안으로만 지는 쪽으로만 뿌리를 뻗는 걸까요?
안 보일 만큼 넓고 깊은 보폭입니다

저라는 사람은
비위가 두터워서 입이 많아서
바깥으로만
적이 되면서까지 이기는 쪽으로 뻗었을까요?
그 짧은 생의 목도리로요

고요와 목도리는
괜찮지 못한 만큼 괜찮아,를 되뇌었을까요?

오늘은 물어보고 싶습니다
괜찮지 못한 그 많은 시간들을 어디로
데려다줬는지

진짜 짝퉁

뭉치 비 내리는데 젊은
남자가 비에 젖은 가로등을 부둥켜안고
울 때 어루만져주는 마음씨 너 말이야
왜 함부로 마음을 파는가 말이야

어긋난 시간 사이로 간절함 사이로
가로등마저 사라져버릴 때 나의
일처럼 아파오는 이 마음 말이야

우는 남자의 심장박동 소리가
너무 애절해서 도망을 선택했다면
넌 무슨 말부터 꺼낼래?

분위기

세계 명작들 속에서 만난 길고 하얀
그 손가락들은
암울한 시간들을 죄다 내다 버려줘서 좋았다

주인공 중 맘이 가는 배역을 골라 꽉 물고는
책 읽는 동안만이라도 나타샤와 스칼릿 혹은 테스
행세를 하며 맘껏 부풀 수 있어서 좋았다

두둥실 떠오르는 분위기를 더, 더 부풀려
받아먹으면서 좋았다
콩알 크기의 기쁨으로 호박만 한 고통을
제압하면서 좋았다
설렘의 분홍을 흠 없이 발라내어 공손히
바치면서 좋았다
바친 만큼 떨어지는 분위기를 받아먹으면서
무사해서 좋았다

여기까지만 부풀지 그랬니?

뉴스나 명작에 등장하는 감동적인 분위기!
그들 닮은 식사를 즐기면서 위기를 자초한 것일까

도대체 뭘 믿고
빚 갚듯 세계 명작 속으로 들어가 주인공의
한방울 피가 되거나
읽을 페이지가 되어 사라지기를 원했을까

판박이 위선이라도 아마도

못을 먹다니

밥상 위의 저 못들이
넘어질 때마다 부러뜨린 서로의

고요라면

나와 너 사이의 목구멍을 옥죄는
관계의 그늘이라면

한때 가까워서 못이 된 사이라면

부러진 고요와
시퍼런 그늘 사이에서 떨어진 품위들이
이판사판으로 엉켜서 못이 되었다면

뼈가 비어서 흔들리는

쓸쓸한 흔들림을 붙잡아주는 데 한번
쓰여보자고 한편 먹자고

차린 밥상이기를

거짓말의 빛깔

갈색과 연두 사이의 붉은색이
온몸에 번지기 시작할 무렵이었지 아마
붉어진 이마를 따서 바구니에 담으면서

농사의 삼분의 일은 주변을 따뜻하게
바꾸는 데 쓰자며 다짐하고 또 다짐했는데

다짐이란 놈은

염색이나 도금이었던 것일까 핑계와
상황이 한패가 되어
서서히 제 색을 드러낼 줄이야!

붉은 이마도 다짐도 너의
뼈를 뚫고 들어앉아야만 너라고
그럴 줄 알았어! 호들갑 떨면서 말이야

걸어서 미소까지

누구나
버림받은 시간의 냄새와
미쳐서 흘러가는 강물에

숨어 뒤척이다가

제 발로 걸어 나올 때가
그럴 때가 있다면

너도 좀 편할까

비밀의 화원

비밀에게
화원이 없다면 세계의 질서는 어디서 살까

비밀도 언젠가 죽긴 죽나? 사람처럼 다음의
생을 받고 싶어하나?

여기서의 다음의 생이란
저를 벗어버린 순간 받게 되는 다름인가?

돌발 상황을 돌보는 자세? 아무튼 훌쩍
커버린 제 피붙이의 이름을 한번씩 몰래 불러
바라보긴 하나?

힘센 비밀일수록 수명이 길까?
여기서의 수명이란

책상 위의 깨알 메모와 문자와 음성을
확 밀어버리며
너 따위들이 뭔데! 분개하면서 제 팔다리마저

부정하는 그 부정 정신 말인가?

잠깐만요 당신
누구야? 왜 날 붙들고 질문하나?
왜 우나? 억지에게
또 눈 뜨고 당할까봐서죠! 걱정 마
이번만은 모두가 생중계로 함께 봤잖아?

내 안의 질서도
나의 소소한 저녁들을 어서 밝히라며
으름장을 놓을 것이지만

정의에도 신분이?

누가 뭐래도
그날의 시작은 너의 몸일지도 몰라

빗방울로 지은 거미줄 사이의
거미들이 남 같지 않다는 그 염려 말이야

쓸쓸한 가락의 굴절들과
인연이 깊다 싶은 이 호주머니와 발길들 말이야

대개의 어깨에는 높이를 견디는 비를 내릴까
정의는 왜 관념적일까

미적분도 신념도 잘 몰라
그저 몸이 뜨거워서
구체적인 입장을 허공에 달아맨 셈인데

한방울인 너를 온 나라가
잘게 더 잘게 풀어서 방울방울 뿌리는구나!

너는 겨우 빗방울인데

어디를 어떻게 적셔야 정의의 얼굴이
될까? 침울한데

잠시만
안락하려 해도 녹아버릴 여정이 되고 말았는데
정의에도 신분이 있어서 말이야

삐끗하면
너의 정의는 너의 위증인데

최후의 1인

관이 열리며
다시 순이 튼 관계의
오장육부와 말을 튼 적 있니?

나뭇가지와 나뭇잎에게
아름다운 순간을 선물해준 둘레에게
불특정 다수에게

그렇죠? 그중 단 한 경우에라도
최후의 1인이 되는 길이 있긴 있을까 하고

수십여폭의 관계들을 꾹꾹 눌러 묶어 싼
보자기를 펼쳐봅니다만

너를 받으려고 나를 건네준다?

너에게 건너간 내가 어디까지 즐겁게 썩어
문드러질까 최후의

연인으로 남으려고
귀하고 귀한 어제들을 오늘 다 지워버리는 민영아

너는
누가 낳은 무슨 정신이야?

잠

불면이 뭐라고 생각하나?
잘 죽지 못하는 거
단번에 죽지 못하는 거

잠이 뭔가?
죽는 연습

모두가 조용히 빈틈없이 죽고 없는 시공에
혼자 남아
죽다 깨다를 반복하면 어쩌지?

그 순간을 옮겨 적어도 되나

어둠속에서 소리가 났다 귀를 당겼다

"넌 명암리에서 왔다!
빛의 가난 속에서도 용케 행복한
어른이 되었구나!"
……
놀라서 삼켜버린 그 목소리는?
마음을 쓰다듬던 그 손길은? 여기가 어디야?
……
그 순간을 나의 세계로 받아들여야 한다면

빛과 어둠이 부당하게 분배된 곳에만
생명체를 던져두신다는 건데
……
돌아갈 곳도 명암리라면 어쩌지?

제 5 부

술

행운 사절,이란 팻말

자나 깨나
호호 불어 모셔도 여전히 표정이 없는
행운
외면할 수 없는 눈길 앞에서만
저를 불러 세운다는데

아이들을 키울 때 차라리
행운 사절,이란 팻말을 걸어두면 어떨까
어른이 되어 숨을 쉰다는 것은
공기 반 고통 반을 섞어
흔들어 마시는 거잖아

첩첩편중

저기요! 하면서 세상을 향해 말이란
연장도 꺼내보면서 지쳐 있는
뒤편도 돌아보게 일단 목을 내놓으란 말이야

첩첩아! 첩첩이 편을 짜버려서 꼼짝 못하는
저 눈동자의 들끓어오름을 좀 파내주란 말이야

밀려 있던 엉덩이도 당당하게
그네 좀 타보게 말이야 너 말이야

앞줄에겐 하찮아도 뒷줄에겐 간절한
헌사가 돼준 적 있느냐 그 말이야

불길이든 물길이든 이끌고
들이닥쳐보란 말이야 첩첩이
무너지게 말이야

마술의 입장으로

물질과 명예의 입장에선
뼈대도 없는 것들이 몸을 이룬다 말하겠으나

눈길만 줘도 열리는 열매 따러 나가요
우울한 뼈마디마다 색색의 노래가 열릴까요?
저 찰나들을 섞어 저녁을 지을까 해요

내일을 미리 보는 것도 마술의 할 일이라면
찾던 문이 찾아와 문을 활짝 열어둘까요?
기다린 순간들이 날씬하게 꽂힐까요?

이제 알아챌 차례입니다 허공의
저 물방울들을요 원하는 꽃의 팔다리를
이끌어 온다는 것

살아온 시간의 케케묵은 공기마저 석양을 머금은 양
붉은 보라로 변하게 해줄지도 모른다는 것

지금은 제발 이런 호사라도 좀 누려요

없으나 있는 것처럼
두 눈에 가득 넣고 꿀꺽꿀꺽 들이켜보아요!

불가능과 고통의 입장에선
뼈대도 없는 것들이 만진 초분에 불과하겠으나

너에게 아직은 없는 것

페인트칠과 도배는
연기나 모델, 사진 일보다 경쟁률이 낮아서
좋다?

아무리 낮아도
불안이라는 그 죽일 놈들이 안팎에서
출몰할 텐데

두려움이 들이닥칠 때마다 멀리 사는
공기까지 끌어와 꼭꼭 씹어 삼키면 어떨까

흉한 벽지 뜯어내듯 두려움을 뜯어내거나
이해라는 벽지를 겹겹이 발라주면 어떨까

뭘 선택하려고 세상에 온 신분이 아니지 하면서
누군가의 구원인 신분도 아니지, 하면서

캥거루와 그날

속눈썹이 유난히 깁니다 지쳐서 까라져서도
제 몸 크기의 새끼를 젖 먹이고 있습니다

이 더운 여름날 도대체
몇마리나 끼고 뛰어다니며 밥벌이
하느냐고 물었더니

자식은 눈물이니까요…… 하면서 잠시 저를
올려다보는데
제가 울음이 터질 뻔했습니다

캥거루 눈빛을 오래 들여다보니 거의
사람의 눈매입니다

희로애락의 거처가 날마다
자식이어서일까요?

두려움의 다른 얼굴

그날밤 물었을걸!

생물은
그중 사람은 무얼 먹고 자라나? 뭐
그런 투로 말이야

두려움을
지그시 씹어 삼키던 목젖의 통증으로
세상의 복판에 설 수 있었던 것 아닐까 솔직히
어젯밤 내내
나도 두려웠다, 얘야!

다만
하루를 훤칠하게 시작하려고 행복을 응시하며
누르는 셔터처럼
쳐들어올 두려움의 물결을 똑바로 쳐다보며 건너는 거
겠지

두려움의 기세만큼 정신의 뼈가 자라줄까

정신이 자라야 저를 지키지? 그렇지?

어둠의 다른 얼굴이 빛이라면
누가 세상의 모든 기억들을 움직이는 거야?

그래서

무심도 하셔라
불구덩이에 던져놓고 어찌 이리도 태연하시나

하늘이 나의 애인인 적이 없다 그래서

불타는 귀와 눈과 입을 꺼내어 호미든
칼이든
낫이든 만들어야 한다

안 보이는 링 위에서 너와

죽음의 팔이란 놈은

살아서 펄떡이던 놀이들이
바다로 숲으로 그 어디로 죽자고 도망쳐도
찾아내버리듯

욕망의 손아귀 또한

깊은 산이나 물속 그 어디에 숨어 지낸다 해도
솟구쳐오르는 그놈 팔뚝의 피붙이 맞잖아?

객관적 살림살이 속에서 이름 속에서
공생하려면

공정한 링 위에 잘 모르는 이름도 올려줘야
진정 센 팔 아니야?

비극의 염치

기력이
기억력이 좋아서
온갖 주소로 잘도 찾아오지

잊을 만하면 대중교통
자가용
고지서 전화 문자와 등기로 인편으로
순발력도 뛰어나지

그 폭과 길이가 무한대여서
중국 쓰촨성은 물론 네팔도 이미 넘치게 가난한데,
비극의 염전인데
지진이란 놈의 폭발적 전이, 당신네들은
한번 더 네 것 내 것 없이
목메게
울어버리게 하지

문밖에 서서 아예 두 손 펴고 기다리면
더디 올까

아기 낳을 때처럼 숨은
쉴 수 있게 하면서

살려는 뒤야 그런 염치는 있어야
탐나는 살림살이 속에

조용히 천천히 스며들어가
간을 보지 오래
견디는 사람의 가슴 느끼려고

술

아름다움이
울음을 터뜨릴 때 들으셨나요?

위장내시경까지 받은 그 소화불량
그 배앓이는 거기들이 아픈 게 아닐 듯해요

너에게 뛰어들거나 발효되기 전의
막막한 끙끙거림, 익을 때의 집중

그 몸가짐의 다양한 신호 앞에서
다정해지려는 도처에게

흥은 바닥이고 분은 넘치는 순간들에게
소소한 흥이라도 되려는
따뜻한 생각들이 아팠던 거죠

아버지는
따뜻함을 번지게 하려고 양조장 문을
열었으나 허망하게 망하고

술이 섞여서 태어난 나는 흥을 위해
술판에 낄 뿐
여전히 나를 마시지 못하지만요

페이스메이커

어쨌든 취직은 했잖아

차오르는 따뜻한 네 마음을 일단 문밖으로 불러내면
누군가의 생이 되잖아
처마든 그네든 그 어디든 마음의 기둥과 줄을 대어주면
너희의 생이 되잖아

차오르는 누군가의 속내를 헤아려 기둥을 내어주고
사이사이 줄을 이어주면서 웃는
웃음의 힘으로 고개가 빠지도록 또 여기저기
네 낮은 울타리에서 높은 전봇대까지!

상상의 순간을 현실에서 딛고 나아가잖아!
허공에 나 대신 나를 피워내는

저 나팔꽃 수백송이를 바라보는 아침의 이 기쁨은
페이스메이커와 어미들만의 살림살이인 것

작은 빛남을 나보다 더 빛나는 이에게 넘겨주는

내가 더 빛나고 싶은 마음만 포기하면

죽을 때까지 실직은 면하잖아

어느날 셋이서

고통께서 여러 세력을 불러 모아
뭉텅뭉텅 잘라내어 기꺼이 분말이 되겠다고 손가락을
걸던가요?

어느 화나고 배고픈 날 생맥주에 타서
휘휘 저어 아무나의 몸으로 길 떠난다는 약속 그거죠?
광장의 여러분

설렘은
도망가지 못하게 꽁꽁 얼려서 모셔둘까 해요

어느 무덥고 시들한 날, 한조각만 넣어도
에티오피아산 냉커피 수백잔은 가능할까요? 광장의 여
러분

죽음은요?
바뀐 이름 바뀐 몸 바뀔 세계관일 뿐이라고요?

와! 신난다! 더 간절한 쪽이 이기는 그 어느날을 품고

날아오를까? 광장 저 너머로

제 6 부

언젠가 너를

나는 내가 아닐 때가 더 좋다

가득 차서 벅차서 무거워서 땅이 되었다
새가 나무가
빗방울이 되었다 어느새 집에 갈 시간이 되었나?

진실한 사람에게 기대어
그를 베개 삼아 처음을 보냈다
진실한 사람? 사람이 어떻게 진실할 수 있나요?
그러해도 살아남을 수 있나요?

다음엔 낯선 얼굴들이 놀러 왔나요?
땅 좀 달라고 나무 좀
새나 빗방울 좀 달라고 말하던가요?

저리 가! 저리 가! 외치셨나요?
피가 다른데
함부로 얻어먹으면 죽을 수 있다고 말했나요?

당신은 혹시 아름다운 사람인가요? 뭐요?
사람이

어떻게 아름다울 수 있나요? 꽃처럼
수명이 짧다면 모르지만

나의 진화

만약에
사람의 피와는 다르게 너무
오래 버텼다면

지금 어디쯤인가
닭을 치고 꽃을 치고 채소를 치면서
고통에 둔한 피가 흐르기 시작한 셈인가

타자를
위해서만 체중을 불리는 버릇이 생긴 것인가

병아리가 양귀비가 시금치가 되어가다
멈춰버린 상황?

무엇이 되어가다 멈춘 나를 그런 나를
누가 경작 중이거나 진화를 견디는 중이라면
견디다 못해 나를 놓아버린다면?

고통에게 밥이 되는 즐거운 놀이를 다시 시작해도 될까

뜨거워지는 피

따뜻한 피가 흐르는 한푼어치의
물질이 될까

친애하는 바깥에게

바깥이 오히려 집 같아서 눈뜨면 바깥으로!
눈 감기 전에야 돌아와 눕던 어린이가 자라서
그녀가 되었는데

왜 푸른 시냇물 내내 푸른 하늘 내내 골방에만 머물렀나?
아픔은 집에서만 만나려고?
텅 빈 얼굴을 아무에게나 보여주기 싫어서?

믿거나 말거나 물과 불과 바람이라는 이름을 지어
바깥이 되었는데

없는 이름처럼 흐르거나 불타서 날아가버리게?
믿거나 말거나

운동은 좋아하나 운동가는 될 수 없는데

왜 제 목에 들어가는 것보다 남의 목에 음식 들어가는
소리가 더 좋지?

저를 위해 쓰는 일은 도둑질 같고 바깥을 위해 쓸 땐
편안하지? 믿거나 말거나

없다,는 의미를 반대로 알고 세상에 나왔나?

언젠가 너를

어! 허공에 뿌리를?
옆으로 쭉쭉 어디까지 가려는 거야?
발목에서 허벅지 손톱에서 등과
팔의 한가운데서 마음 내키면 얼마든지?

누가 제발 거둬주었음 싶을 때
스스로 솟아나는 거지? 일단 가지로 솟았다가
뿌리로 전환시키는 거야? 그 순간의 전율을 알아?
너와 초면인데 내 몸 어딘가에서 물이 막 차오르던걸!

근데 궁금해 저 나무의 희망이
작은 호수의 가슴을 지나 양털 깎던 곳의 지붕을 지나
어디까지 저를 넓혀 누군가의 그늘이 되고
경이가 될지

언젠가 차례를 받아서
닿을 듯 닿을 듯 하는 너의 뿌리를 지그시 한번
밟아볼래! 나를 찢어지게 늘리면서

동명이인이어서?

잠시 착각한 거야?
어느 소녀의 봉지 속 꽃씨를 내 안에 잘못 뿌린 거야?
데이지를 시작으로

붓꽃과 양귀비와 수레국화가
구석구석 피어나더니 나의 체중을 다섯배나 늘렸지 뭐야

이게 무슨 현상이지? 생각은 다섯배나
가벼워져서 어디든 날아갈 듯 환하지? 왜
내 몸에서 흙냄새가 물씬 나지? 벌써 가을 씨앗이
날아들려고?

뿌리들이 내 안에 쭉쭉 내리고 있는 거야?
섭섭한 자리마다
발그레한 색들을 밀어 올리고 있는 거야?
나비와 벌들이 종일 예쁜 짓 하는데 새까지

나의 비애를 유쾌한 노래로 바꿔주려는 거야?

내 야성은 어디에

일단 붉은가슴도요새에게서
나뭇잎과 햇살 사이의 눈부심에게서

그다음엔 드넓은 해양의 물빛에게서
내 야성을 돌려받을 수 있기를 희망합니다

또 그다음엔 간척지의 초목 습지에게
가면올빼미 울음소리와 알락해오라기에게
사정을 해볼까 하면서

블루베리 군락
그 보랏빛 꽃잎의 흔들림에게

작은 종처럼
수없이 많은 꽃송이의 푸른 소리에게
두 손 모아 호소해볼까 하면서

밤의 깜깜함에게서까지 내 야성을
돌려받는다면

아가의 첫울음을 터뜨릴까 하면서

검은머리물떼새들에게서
만월의 눈매에게서 빛나는 별빛에게서

하이에나에게서까지

내 몫의 야성을 돌려받으면
걸음마를 시작할까 하면서

내 이름을 나무의 이름으로

나의 이름을
나무의 이름으로 불러본다면?

선악과,라 쓰인 이름표를 집어 드는군요

나는 아마
선과 악이 공존하는 자연 중 그 순간 밀도가
가장 높은 존재인가봐요

주인도 모르게 들락거리는 감정을 알지만
아침의 몸에서 꽃 피어 저녁에

열리는 열매마저 본인이 아니라고 말하는
농담도 알지만

어쩌겠어요?
어느 골목에서 어떤 추함과

어떻게 맞서

싸우며 휘어지고 굵어지면서 익어왔는지를
돌아보는 오늘

선으로
악을 이길 수 있는 존재는 아무래도
사람이겠다 싶은 오늘

마치 자녀나 친구 이름 부르듯
저를
선악과나무야! 불러봅니다

완전한 나무

전신이 쓸쓸할 때
차오르는 저 가로수의 수액을 잠시 빌려 쓰면 어떨까

연두가 돋아나는 봄 가로수가 되려면
서서 잠드는 나무의 곁을 지켜주겠다는 약속을 하면
되나?

겨우 두 팔과 두 손만으로도 허공의 위세를
비바람을 휘휘 내저으며 저항하는 아비가 되겠다고
감히 약속드리면 되나?

어쩌자고 넌
가지와 잎을 위해 기꺼이 물을 빨아올리는
잔뿌리가 된 거니?

뿌리의 피가 죄다 빠져나가서 쥐가 날 때마다
깊은 밤이 찢어져라 비명을 지르는 넌

살마저 흙으로 빠져나가버려서 뼈만 보이는

다리의
어미의 길을 약속드려야 하는 넌
어쩌자고

그자의 나무가 되었던 거니?

오월의 해운대

바다는
좌우지간 외로워야 깨끗하다고 아름다운 물색이라고
말하기가 좀 그러합니다

마흔해 만에 찾아간 해운대는
모래 위에서 거리에서 신호등 앞에서 꽃이거나
물결이 되어
일제히 멈추거나 흐릅니다

근심들을 어디다 두고 나왔을까 나도 덩달아
꽃이 물결이 되어봐?

수평선에게
모래에게 바람에게 고통을 잠시 맡기는 사이
부탁하는 사이를
다 늙어서야 배우다니?

무엇에라도 홀려야 살 것 같은
이 오월에

달맞이 호텔에서 하룻밤 묵을 수 있을까

어쩌다 사랑

어떻게
그 큰 보름달을
오직 손바닥만으로 굴려서 훅 저쪽으로 밀어내버렸니?
그날의
너의 밝음과 둥긂이 보름달을 잠시 이겼던 것처럼

사실은, 사실은 보름달이 널 위해 잠시 져준 거야
널 아주 잠시 사랑해버린 거야

발효 상표

그의 처지는 누가
입어볼 수도 먹어볼 수도 없다 손이나
발을 넣어볼 수도 없다

프리다 깔로나 뭉크처럼 강렬한 생도 색도 아니다
그저 정이나 부끄러움에게도 다시 피가 돌게 되는 날
온몸에서 낮은 노래가 흘러나올 것이다,라는
독백은 창고에 수북하다

독백의 키가 부패를 뛰어넘어버린 것일까

청보라빛 새 한마리 날아와
그의 왼쪽 가슴에 꽂히는 광경을 본 사람이
첫 손님이 되어주었다

그 새, 당신! 주세요! 하면서

봄

고민,이란 친구에게 밥과 잠을 넘겨주면서
너의 허리는 얼마나 가늘어져야 했는지
두 눈은 또 얼마나 퀭해져야 했는지

분노와 슬픔으로 저녁을 짓고 뿌리내리던 주인들에게
감히 부탁해도 될까

누구의 고통이든
산 자들의 세끼들인데 화면을 확 돌려버리듯
외면하려 한 죄 용서해다오
살아서 펄떡이는 심장에서만 반짝이는 금모래빛

너의 빛으로 나의 내일을 뜨개질해다오
뼛속까지 휘파람 불게 해다오

근시(近視)의 천사

김종훈

　오랫동안 박라연의 시는 쓰는 리듬보다는 말하는 리듬에 기대어왔다. 다 쓴 뒤 고칠 수 있는 글과 달리 한번 뱉으면 주워 담을 수 없는 말과 같이, 그의 시에는 우회로를 거치지 않고 직진 대로를 통과한 것 같은 거침없는 사유가 가득하다. 박라연은 길게 퇴고하는 시인이라기보다는 깊은 사유를 거쳐 도달한 상태에서 한꺼번에 말을 쏟아내는 시인에 가까운데, 청자이자 독자는 그의 정교한 표현에 감탄하기보다는 고양된 상태에 가닿으며 시적 체험을 하게 된다.

　그의 시를 읽으면 들리는 목소리의 주인공을 확인하기 위해 주위를 둘러보면 아무도 없다. 그는 친구처럼 옆에 있거나 응원하는 가족처럼 뒤에 있는 것이 아니라, 천사처럼 숨어 있거나 약간 높은 곳에 있다. 실제로 그는 천사의 모습과 포개지는 면이 많다. 삶 바깥에서 "버림받은 시간의 냄새"(「걸어서 미소까지」)를 맡고, "사람과 무덤과 폐가

사이"(「딜레마」)에서 꽃을 키우고, "뭘 선택하려고 세상에
온 신분이 아니"고 "누군가의 구원인 신분도 아니"(「너에게
아직은 없는 것」)라며 신과 사람의 중간, 그리고 세상의 바깥
에 제 위치를 설정한 그다. 이런 그를 천사가 아닌 무엇이
라 부를 수 있을까.

　우리는 폐허인 지상에 천상의 언어를 전달하는 김춘수
와 릴케의 '천사'를 기억하고, 또한 천상에서 불어오는 진
보의 바람을 등지고 지상의 폐허를 안타깝게 쳐다보는 벤
야민과 보들레르의 '천사'를 기억한다. 박라연의 '천사'는
세계의 바깥에서 세계의 지형도를 그리고자 한다는 면에
서 다른 천사들과 그 특성을 공유한다. 그러나 천상의 계
시를 옮기는 말보다는 지상의 고통을 정리하는 말을 사용
한다는 면에서, 자신의 거처를 폐허의 한 부분에 두고 그
곳을 개간하여 전망을 제시한다는 면에서, 그의 천사는 특
별하다.

　　고민,이란 친구에게 밥과 잠을 넘겨주면서
　　너의 허리는 얼마나 가늘어져야 했는지
　　두 눈은 또 얼마나 퀭해져야 했는지

　　분노와 슬픔으로 저녁을 짓고 뿌리내리던 주인들에게
　　감히 부탁해도 될까

누구의 고통이든
산 자들의 세끼들인데 화면을 확 돌려버리듯
외면하려 한 죄 용서해다오
살아서 펄떡이는 심장에서만 반짝이는 금모래빛

너의 빛으로 나의 내일을 뜨개질해다오
뼛속까지 휘파람 불게 해다오

—「봄」전문

　시인은 살아 있는 사람들의 세끼 식사를 고통이라 하며
그 고통을 외면한 죄에 대해 용서를 비는 한편, 어둡고 추
워 움츠러들었던 겨울의 죄를 속죄하며 봄의 희망을 말하
기 시작한다. 청자인 "분노와 슬픔으로 저녁을 짓고 뿌리
내리던 주인들"은 천상의 존재라기보다는 고통의 주체였
던 지상의 사람들이다. 고통의 주체에게 세상의 고통을 오
래 직시하는 힘을 달라는 것이 기도의 내용이다. 그의 시
선은 세상 사람들을 좀처럼 떠나지 않는다.
　천사의 언어는 일상적인 언어의 분류 체계에서 자유롭
다. 하늘에서 바라보면 건물들의 높낮이를 구별하기 어렵
듯, 박라연의 시에서 종과 속의 위계를 파악하거나, 구체
어와 추상어, 생물과 무생물, 진과 선과 미의 영역을 구별
하는 일은 무용해 보인다. 마음을 표현하고 세계를 이해하
고자 오랜 시간 축적한 분류 체계는 여기에서 부질없다.

「봄」에서 고민은 친구이고, 분노와 슬픔은 밥 짓는 재료이고, 뜨개질 재료는 빛이다. 한 바구니에 빵과 과일과 절망이 담기기도 하고(「휠체어에 오늘을」), 그늘과 경이가 나란히 놓이기도 한다(「언젠가 너를」).

　　나비와 벌들이 종일 예쁜 짓 하는데 새까지

　　나의 비애를 유쾌한 노래로 바꿔주려는 거야?
　　　　　　　　　　　　　　　　　　　―「동명이인이어서?」 부분

　　고통께서 여러 세력을 불러 모아
　　뭉텅뭉텅 잘라내어 기꺼이 분말이 되겠다고 손가락을
　　걸던가요?
　　　　　　　　　　　　　　　　　　　―「어느날 셋이서」 부분

　　아름다움이
　　울음을 터뜨릴 때 들으셨나요?
　　　　　　　　　　　　　　　　　　　―「술」 부분

　'고통' '아름다움' '울음' 등 너무 많이 써서 시에서는 오히려 경계해야 하는 말들이 거침없이 쓰이고, '비애' '분말' 등 너무 오랫동안 쓰지 않아서 꺼려지는 말들이 태연하게 자리를 차지했다. 다른 영역에 놓였던 말들은 구분

선이 흐려져 서로 영향을 주고받기 쉬워졌다. 추상어는 구체성을, 무생물은 생물성을 조금 보완할 수 있을 것 같은데, 박라연의 시에서는 좀처럼 그러한 기미가 보이지 않는다. 위에서 비애와 고통, 그리고 아름다움이 구체성을 띠고 있는가. 구체성이 확보되는 기회는 질문의 형식으로 다른 시간에 유예되었고, 이들의 발생 원인은 불문에 부쳐졌다. 수난의 원인도 역사도 현상도 가려졌다. 상처와 고통과 인내에 대해 이 시집보다 더 많이 말한 시집이 있을까 싶지만 그 세부 모습은 안개처럼 뿌옇다.

고통을 말하되 고통의 세부를, 상처를 말하되 상처의 세부를 보지 못하면, 고통의 현장과 떨어진 '근시의 천사'를 상정해야 하지 않을까. 천사는 멀리 떨어진 지상의 세부를 자세히 보지 못한다. 서로 다른 경계와 위계를 지닌 말들이 여기에서는 평면에 나란히 놓여 있다. 병을 앓는 사람과 피를 흘리는 사람과 웃음을 짓는 사람이 있을 경우, 그에게는 병과 피와 웃음과 세 사람이 모두 각각의 것으로 보인다. 증상과 사람이 독립되어 있다고 처방에 관심이 없는 것은 아니다. 시인은 증상의 원인에 대해서 불문에 부칠 뿐 치료에 대해서는 관심이 많다. 원인을 모르고 어떻게 처방이 가능할지 의문이 들 수도 있으나, 그는 지상에서의 삶이 곧 상처와 고통의 연속이며 이는 곧 삶의 전제라고 여기는 듯하다. 천상에서 내려온 자가 아니라 지상의 고통을 이미 겪은 자로서의 천사는, 증상을 종합하고 소화

한 뒤 사람들에게 그 증상의 좌표를 제시하려 한다.

　만약에
　사람의 피와는 다르게 너무
　오래 버텼다면

　지금 어디쯤인가
　닭을 치고 꽃을 치고 채소를 치면서
　고통에 둔한 피가 흐르기 시작한 셈인가

　타자를
　위해서만 체중을 불리는 버릇이 생긴 것인가

　(…)

　무엇이 되어가다 멈춘 나를 그런 나를
　누가 경작 중이거나 진화를 견디는 중이라면
　견디다 못해 나를 놓아버린다면?

　고통에게 밥이 되는 즐거운 놀이를 다시 시작해도
될까
　뜨거워지는 피

—「나의 진화」 부분

화자는 '사람의 피'와 너무 다른 피를 지녔고, 자신을 누군가 '경작'한다고 가정한다. 고통은 여기저기에서 자주 호명되는 한편, 그 세부 내용을 독자가 알 길은 차단되었다. 그러나 "고통에게 밥이 되는 즐거운 놀이"를 준비하는 모습에서 비록 뭉뚱그렸으나 고통을 외면하지 않는 그의 모습을 엿볼 수 있다. 그는 고통 속으로 들어가기를 준비하는 한편 고통에 둔해지는 것을 경계한다. "타자를/위해서만 체중을 불리는 버릇이 생긴 것" 아니냐고 자문하는 것을 보니 앞의 '고통'은 자신의 것이며, 뒤의 '고통'은 타인의 것이다.

고통은 지상의 삶에 늘 있는 상수인데, 타인의 고통을 덜기 위해 자신의 고통을 늘리는 것이 그에게는 '진화'이다. 그래야만 자신의 피가 뜨겁게 유지될 것이라 믿는다. 그는 타인을 챙기다 "나를 놓아버"릴까 두렵다고 하지만 또한 기꺼이 즐겁다고도 했다. 이와 같은 역설에서 확인할 수 있는 것 중 하나는 세상을 거두는 일에 대한 긍지이다. 폐허로 변해버린 지상을 향한 시선을 거두지 못하는 모습은 예의 '천사'와 포개지지만 이 천사에게는 천상에서 온 기억 대신 지상에서 겪은 기억이, 천상으로 올라갈 계획 대신 지상에 남아 있을 계획이 있다. 박라연 시의 '천사'는 날개를 접었다.

너를 향해 걷는 힘을
또 그 죄 속에서 찾아내면서

벌을 서듯 폐가의 땅을 일구다보면
너의 면면이 보들보들해져서

자라나는 무수한 손가락들을 깨물며
넓어진 시간들을 천천히
내려오는 일일까

——「보들보들한 희망이란」 부분

　손에 호미를 쥔 그가 "벌을 서듯 폐가의 땅을 일구"기 시
작한다. 그 의미는 포기일까 타협일까 아니면 개간일까.
세상의 고통과 슬픔 곁에 있으려 하는 것은 자발적인 선택
이며 태생적인 성향이었다. 보람과 소명이 그곳에서 찾아
온다고 믿었기 때문일 것이다. 화자는 오랜 시간 동안 천
천히 스러지는 폐가와 그 자신을 동일시하지 않고 그곳에
활력을 주는 꽃과 나비, 또는 풀과 꽃을 길러내는 흙과 동
일시한다. 밀려났다고 보기 어려운 까닭이 여기에 있다.
또한 세상에 대한 환멸로 보기도 힘들다. 그는 개간을 통
해 세상을 넓히려, 끝내 '보들보들한 희망'을 주려 그곳에
간 것이다.
　천사는 세상에 "사랑은 있다,라고 그렇게/다시"(「그렇게

다시」) 말하러 왔다. "서울 분들은 무서워서/못 자겠다고 하던 낡은 집"에 짐을 부려놓자 "금방 내 둘레가 되었는지 튼튼해지는 집"(「흘러 흘러서」)도 마련되었다. 그래서인지 호미질을 하는 동안 "폐가의 시간들을 호강시켜주리라"(「디엔에이」)라는 다짐이 이어진다. 세상을 바꾸기에는 힘이 부치고 폐가와 동일시하기에는 힘이 넘치는 그는, 세상을 폐가로 인식하고 그곳과 주위를 가꾸며 세상을 넓힌다.

풀벌레와 새소리가 진 그 옆자리엔
이웃집의 아들딸이 피어나고 꽃다운 세상의
남매들이 꿈꾸는
세상의 밥상엔 공평 의리 사랑이란
의미들이

(…)

저희도 잘 풀리며 자랄게요! 치맛자락
끌어당기는
오래 키운 꽃들의 손가락이 피어나고

우리 가고 없는 세상에 피어나고
피어날 옆의 세계
                              —「옆구리」 부분

어머니! 겨울이 코앞이네요
저는 세상이 모르는 흙, 추운 색을 품어 기르죠
길러낸 두근거림을 따서 바칠게요
개나리 다음엔 수선화 그다음엔 꽃잔디로 붉게
채워질 때쯤 눈치챌까요?
꽉 찬 이 두근거림을

(…)

화엄은 너무 멀겠죠? 화음이라도
어떻게든 보여주려고 사람 몸에 꽃을 보내신 것
나팔꽃 채송화 분꽃으로 와서 가늘고 낮은
야근하는 손을 잡는 것

　　　　　　　　　　　　　—「화음을 어떻게든」부분

　위의 두편은 시집에 드물게 둘레 세계가 구체적으로 표현된 시이다. 「옆구리」의 지상에는 '수선화'가 지고 있으며 그 옆자리에 '튤립 가족'이 피어난다. 그는 폐가를 거처라고 여기지만 그곳의 주인이라고 여기지는 않는다. 그에게 만물은 모두 세상의 세입자이다. 남매들과 새소리와 수선화와 양귀비 등은 오는 순서는 있되 위계 없이 '옆의 세계' 안에서 평등하다. 그가 주목하는 세상이, 그가 가꾸려는 세상이 이러하다. 모두 귀해서 같은 가치를 가진 곳에서 그들 각자의 모습이 섬세하게 나타난다.

「화음을 어떻게든」은 세상을 더는 욕하지 않겠다는 다짐으로 끝난다. 마치 천상의 신에게 올리는 말 같지만, 청자는 지상의 어머니로 명시되었다. 그는 '화엄'에 가지 못하면 '화음'을 내겠다고 한다. 다른 세계에 도달하지 못하더라도 세계 내의 공동체를 잘 가꾸어 화합을 이루겠다는 뜻이다. 그의 시선은 개체보다는 공동체에 닿아 있다. 생성과 소멸은 개체에게는 절대적 운명이지만, 공동체를 기준으로 보면 자연스러운 과정이다.

세상의 구체적인 모습은, 폐가를 배경으로 만물의 변화 과정 속에 포착된다. 천사는 개체의 생성과 소멸을 변화의 한 과정으로 받아들이려 한다. 태어나 죽는 것 자체가 삶의 가장 큰 고통이겠으나, 그것이 해가 뜨고 지는 자연사의 일부라는 점을, 운동과 변화의 터전을 넓히며 그는 수긍한다. 폐가는 그에게, 세상이란 포기하기보다는 가꿔야 할 곳이라는 점을 되새기게 하는 장소이다.

당신이 어디쯤 저물어가듯
호주머니 속 오래된 실패들이 어디쯤
저물어갑니다

어둠의 물을 받아먹으며 콩이 콩나물로 자라듯

눈물을 먹고 자란 실패들이 저마다의
물레를 돌려 실을 뽑아내기 시작하는 밤입니다

(⋯)
오직 제 주인의 눈물을 먹고
뽑힌 실들은 둥글게 부풉니다
누군가의 둥근 실패에게서

드디어 풀려나기 시작합니다
누군가의 재봉틀에서 손가락 사이에서

저요! 저요! 저요!
비단실과 무명실과 나일론실이라는 이름표를 달고
헐거워진 목숨들과 관계들을 묶어주거나 꿰맵니다
　　　　　　　　　　　──「실패가 실패의 품에서」 부분

　저물어가는 목숨이 있는 반면 태어나는 목숨이 있다. 시
인은 만물이 피고 지는 현상을 개관하는 한편 공동체가 유
지되는 기제에 주목한다. 지상에 흐르는 실패의 눈물을 그
는 새로운 목숨의 태반으로 여긴다. 실패라는 말은 반복되
지만 그 원인을 알 수 없어 실패의 세부를 들여다보지 않
는다고 탓할 수도 있다. 그런데 어찌된 일인지, 저마다의
실패들은 부풀어 "저요! 저요! 저요!" 하며 각종 실들이 그

곳에서 개별적으로 뽑혀 나온다. 고통을 유발하는 '실패'가 실을 두른 '실패'로 바뀌었다. 주목할 점은 동음이의어가 쓰인 것이 아니라 그로 인해 개별성이 확보되었다는 것이다. 이 변화의 자양분이 지상의 슬픔과 눈물이다.

실은 씨줄과 날줄이 교차하며 '관계를 이루어' 곧 천이 될 것이다. 각자의 이름표를 달고 "헐거워진 목숨들과 관계들을 묶어주거나 꿰"매는 일은 공동체가 유지되는 구체적인 모습이자 그의 시선이 세상에 머무는 이유이다. 살아 있는 사람들은 실패를 거름 삼아 저마다 독립적으로 북적이며 관계를 이룬다. 비단 사람만 독립적인 것은 아니다. '근시의 천사'에게는 슬픔과 눈물과 실패도 사람과 마찬가지로 독립적이다.

박라연의 시에서 근시의 시선이 지속되는 까닭도 이와 관련되어 있지 않을까. '실패'와 '실패를 겪은 사람'이 같은 층위에 놓이는 그의 눈에는 구체와 추상, 생물과 무생물, 미와 선과 진의 위계와 경계가 흐릿하고 사람과 실패도 제각각이다. 사람의 입장에서는 실패가 빠져나갔으니 고통이 줄어드는 한편 독립한 실패와 대면할 수 있는 기회가 생겨난다. 은폐나 회피가 아니라 대면에는 슬픔을 정면돌파하겠다는 뜻이 담겨 있다. 근시의 시선에서 용기가 비롯한다.

성난 불우가
죄 없는 세계의 절반을 점거했을 때에도

누군가의
따뜻함은 흘러가 사과를 붉어지게 하고
상처는 흘러가 바다를 더 깊고 푸르게 하는 걸까

(…)

그런데 이 마음은 또 뭐지
성난 불우에게 아군이고 싶은 이 마음 말이야
마음 너머로
끝없이 펼쳐지는 금빛 물결은 누가 보낸 설렘이지
위로의 빛은 어디서 오나
　　　　　　　　—「헤어진 이름이 태양을 낳았다」부분

대지의 유전자에게 내 울음을 보내면 어떨까
왜? 음…… 씨앗인 나를 황무지에 버려진 나를
혹시 물어다가
꿈의 마지막 회로까지는 이동시켜주려나?
라일락으로 피어날까? 하면서

(…)

이번 생엔 뭐랄까
내 울음의 소속이 바깥일 것 같아서

왜? 음…… 정은 사람의 시작이니까
상처 없는 길에는 마음이 없을지도 모르니까
　　　　　　　　　　—「내 마음에 들어오지 마세요」 부분

　박라연의 시에서는 패자뿐 아니라 잊힌 것들도 공동체
를 유지하는 데 참여한다. 「헤어진 이름이 태양을 낳았다」
에서는 망각 속의 것, 다른 세상의 것들까지 태양을 떠오
르게 하는 거름이 된다. 세계의 반은 죄로 덮였고, 죄 없는
나머지 반쪽도 불우가 '점거' 중이다. 불우는 그것을 겪은
이와 떨어져 독립해 있고, 불우한 이 또한 '헤어진 이름'으
로 지각 바깥에 있다. 기억의 안쪽, 행운의 편은 하루하루
의 태양을 맞이하겠지만, 죄의 세계와 기억의 바깥쪽, 불
우의 편은 태양을 떠오르게 한다. 공동체는 늘 그러하듯
관습적이고 자연스럽게 유지되는 것이 아니라, 헤어진 이
름 즉 망각의 세계에 빠져든 모든 이름의 염원이 모여 유
지되는 것이다. 그는 "성난 불우에게 아군이고 싶"다. 다른
말로 하자면 망각과 불우를 기억하는 이가 그다. 사라지
고 상처받은 영혼들 옆에 오래 있으면서 태양이 떠오르고,
사과가 붉어지고, 바다가 깊어지는 현상을 그는 목격한다.
'따뜻함'을 가장 많이 지닌 이가 천사 자신인 것이다.
　「내 마음에 들어오지 마세요」에서 그가 있는 곳은 '황무
지'이고 그의 '눈물'이 있는 곳은 '바깥'이다. '대지의 유
전자'인 '눈물'이 그에게서 독립했기 때문에 '황무지'가

그가 있는 곳일 수밖에 없고, 자기보다는 타인을 위했기 때문에 '바깥'이 '눈물'의 거처일 수밖에 없다. 자신을 위해 흘릴 눈물이 그에게는 없다. 타인을 위한 눈물이 그에게는 사람 사이에 흐르는 정이라는 뜻으로 '정'이고 '사람의 시작'이다. "상처 없는 길에는 마음이 없을지도 모르니까"는 같은 맥락에서 타인의 상처를 읽지 못하면 마음 자체가 없다는 뜻 아닐까. 그에게서 타인은 절대적인 의미를 지닌다. 그는 타인이 사라지고 고독하고 권태로운 상태에 대해 "모두가 조용히 빈틈없이 죽고 없는 시공에/혼자 남아/죽다 깨다를 반복하면 어쩌지?"(「잠」) 하며 불안함을 내비치기도 했다. 사랑을 받기 위해서가 아니라 사랑을 주기 위해, 그는 누구보다 오래 지상의 눈물 곁에 머문다.

바깥이 오히려 집 같아서 눈뜨면 바깥으로!
눈 감기 전에야 돌아와 눕던 어린이가 자라서
그녀가 되었는데

왜 푸른 시냇물 내내 푸른 하늘 내내 골방에만 머물렀나?
아픔은 집에서만 만나려고?
텅 빈 얼굴을 아무에게나 보여주기 싫어서?

믿거나 말거나 물과 불과 바람이라는 이름을 지어

바깥이 되었는데

없는 이름처럼 흐르거나 불타서 날아가버리게?
믿거나 말거나

(……)

저를 위해 쓰는 일은 도둑질 같고 바깥을 위해 쓸 땐
편안하지? 믿거나 말거나

없다,는 의미를 반대로 알고 세상에 나왔나?
—「친애하는 바깥에게」 부분

「친애하는 바깥에게」는 '바깥'의 의미와 위상이 집약된
시다. 제목의 호명으로 미루어 보아 시인에게 바깥은 감정
을 지닌 존재이자, 애정 어린 대상이다. 어린 시절부터 그
는 바깥을 좋아했다. 그런데 성인이 되자 '골방'에 머물게
된다. 골방에는 아픔과 그와 이름 없음, 즉 무명이 함께 기
거한다. 골방은 내면을 비유한 것일 텐데, 그는 허무한 것
일까. 바깥에는 "물과 불과 바람"과 여러 '이름'이 있다. 시
인이 눈길을 주고 있는 곳도 바깥의 세상이다.

'없음'과 관련된 마지막 질문, "없다,는 의미를 반대로
알고 세상에 나왔나?"는 통상적인 인식과의 차이에서 의

미가 형성된 구절이다. 우리가 사는 세상에서는 내면의 충족을 중시하고 바깥 생활에 집중하는 것을 공허하다고 인식하는 면이 없지 않다. 이때 없음은 바깥과 연결되고 있음은 내면과 관련된다. 그런데 그는 "저를 위해 쓰는 일은 도둑질 같고 바깥을 위해 쓸 땐/편안"함을 느낀다. 시인은 '반대'의 인식을 가지고 일상적이지만 이기적인 세상에 균열을 내고 세상의 영역을 확장하려 한다.

망각 속에 빠져버린 이름, 생존을 위해 묻어두었던 고통, 여러 이유로 버려진 기억과 감정을 언어로 표현하고 끝내 그것들과 대면하게 하는 것, 그리하여 일상 지각에 균열을 내고 지각의 영역을 확장하는 것, 그래서 공동체의 삶을 유지할 뿐만 아니라 유연하게 하고 나날의 삶을 풍요롭게 하는 것, 이것들을 우리는 박라연의 시에서 천사의 역할이라고 말해왔다. 그런데 또한 이를 우리는 오랫동안 시적인 것이라 말해오지 않았던가. 박라연의 천사는 시적인 것의 현현이다. 시적인 것은 그의 시에서 도달해야 할 목표로 설정된 것이 아니라 이미 체화되어 이 세상과 끊임없는 만남을 도모한다. 우리가 할 일은 천사의 목소리에 귀 기울이며 그의 마음을 따라 계속 확장되는 세상을 두리번거리는 것이 아닐까.

金鍾勳 | 문학평론가

여전히 시가 너의 종교니? 그럼 한번 먹어봐! 이 두려움,
이 고통, 이 혼란을……

속수무책, 그 세월이 폐가와 무덤의 수가 사람의 수보다
점점 많아지는 산골마을로 나를 이사시켰을까?

눈만 뜨면 망치질하고 토라진 땅을 삽질하고 호미질을
했다.
공포영화 찍기에 딱 맞는 곳이라며 울면서 말리던 내
동생
명희의 우려는 꽃의 천지로 바뀌기 시작했다.

폐가의 벽을 뚫고 또 뚫어 창을 내었다. 그 창으로 들어온
풍경은 고스란히 나의 내면이 되었다.

가스 연결 구멍 그 작은 틈새에 딱새가 새끼를

일곱마리나 낳았다. 수십마리의 대왕호랑나비들이 날마다

날아들었다. 어떤 날은 무려 칠십여마리가 날아와

황화코스모스 천지의 언덕에 미래의 내 행운을 수놓을 것처럼.

제가요! 오래 버려진 시간들을 그러니까 희로애락이 다시 숨

쉬는 곳으로 바꾸어놓았습니다. 이제 그 상으로

저,라는 밭에 시를 뿌려주세요! 하는 독백이 창고에 쌓여갔다.

그래서 이번 시집은 누가 불러준 말을 받아 적었다고 말해야

옳다. 폐가에 터를 잡은 나, 나를 찾아오고 떠나가는

순간들이 들려준 이야기를 무의식까지 동원해서 받아 적은 노트다.

출간 기회를 준 창비와 내 시의 흠결들을 매의 눈으로 찾아내어

더 단단하게 해준 박준 시인과 박지영 선생의 노고에 감사드린다.

영혼의 분리수거함에서 나를 건져 올려주신 장덕순 목사님과
강순희 사모와 마루와 마당을 선물해준 제자 최환엽과
어은당 식구들의 배려 또한 눈물겹다. 나는 겨우
한방울의 이슬이니! 이쯤에서 나에게 물어주시라!

너는 무슨 힘으로 이 세상을 사느냐고.
그럼 나는 사람을 좋아하는 힘으로 산다고 대답할 테니……

99세의 시어머님을 삼십칠년이나 모신 김명자와 그녀의 남편 송봉의는
내가 받아 적는 시다. 사람 공기다.

2018년 봄
박라연

창비시선 419

헤어진 이름이 태양을 낳았다

초판 1쇄 발행 / 2018년 4월 13일
초판 2쇄 발행 / 2018년 6월 5일

지은이 / 박라연
펴낸이 / 강일우
책임편집 / 박지영
조판 / 박지현
펴낸곳 / (주)창비
등록 / 1986년 8월 5일 제85호
주소 / 10881 경기도 파주시 회동길 184
전화 / 031-955-3333
팩시밀리 / 영업 031-955-3399 편집 031-955-3400
홈페이지 / www.changbi.com
전자우편 / lit@changbi.com

ⓒ 박라연 2018
ISBN 978-89-364-2419-0 03810